matheus torres

nasceu em 27 de janeiro de 1993 em Piracicaba, no interior paulista. É mestre em Estudos de Literatura pela Universidade Federal de São Carlos e escritor. Em sua dissertação, discutiu e analisou dois contos de Sylvia Plath sob o diálogo entre literatura, sociedade e gênero. Publicou textos e poemas no portal *Livre Opinião* e na *Revista Garupa*.

FOTO: MATHEUS BORBA

JUBILEU

matheus torres

editora Urutau
primeira edição
2020

O —

editora Urutau

rúa juan bautista de andrade, 67 – 5A
36005 pontevedra

rua maestro demétrio kipman, 210,
jardim américa, bragança paulista - sp,
brasil
12902-130

[+55] 11 94859 2426 [brasil]
[+34] 644 951 354 [galiza]

www.editoraurutau.com.br
contato@editoraurutau.com.br

[EDITOR]
pedro spigolon
[REVISÃO]
júlia mota
[DIAGRAMAÇÃO]
victor h. azevedo
[CAPA]
wladimir vaz
[ISBN]
978-65-87076-88-1

dados internacionais de catalogação na publicação (CIP) de acordo com ISBD

torres, matheus
T963j jubileu/matheus torres.— bragança paulista, sp : editora urutau, 2020. 52 p. ; 14cm x 19,5cm

ISBN 978-65-87076-88-1

1. Literatura brasileira. 2. Poesia. I. Título.

2020-2506 CDD 869.1
CDU 821.134.3(81)-1

elaborado por vagner rodolfo da silva - CRB-8/9410

sumário

[prefácio]
um livro de salmos para as bichas líricas

Matheus e eu convivemos por anos na cidade de São Carlos, região prolífica para o acontecimento poético, talvez porque o clima faça a gente reparar na inconstância do mundo, talvez por ser uma espécie de primeira meca para os jovens que buscam se encontrar na língua, nas línguas. Sendo farinhas distintas, mas de um mesmo saco, compartilhamos da gozosa coincidência de sempre as pessoas nos confundirem, como se fôssemos a mesma pessoa: ele, Gustavo, eu, Matheus; ele, flauta, eu, fundilhos.

O mistério que nos une também tem nome, por ele cunhado. Em 2015, durante o festival Gaveta Livre, falando ao lado de Le Tícia Conde sobre os desafios do fazer poético e diante de uma plateia que contava com Marcelino Freire, Andrea del Fuego, Lourenço Mutarelli e Isadora Krieger, plasmou uma identidade possível para conduzir sua escrita: intitulou-se bicha lírica. Desde então, venho acompanhando com assombro e afeto a poesia-encantamento de Matheus, fazendo questão de apresentá-la a qualquer bicha que esteja em necessidade de ser tocada pelo verbo encarnado.

Jubileu, segundo compilado de seus poemas (após *Arquitetura do Cais*, Selo Loid, 2015), pode ser lido como um livro de salmos para as pessoas diferentes. Nele, o poeta colhe imagens de um vasto pomar de frutas pop e trufas cult para compor sua cornucópia particular. Não se preocupa em empregar a palavra rebuscada. Opta pela mística do corriqueiro, sabe transformar o banal em mistério fresco. Revela o íntimo da bacia, do cigarro, dos tomates, incorpora tudo em seu corpo sagrado. Reconhece e menciona as bichas líricas que vieram antes, Whitman, O'Hara, Pasolini. Explora a fantasmagoria do corpo queer, a ser inventado por conta própria. Em sua própria *passio*, também oferece a quem lê a visão de amor terno entre o eu-que-fala e um tu-que-escuta, um outro corpo com quem o poeta realiza os ritos da carne.

Muito do método empregado na escrita destes poemas também faz jus a um procedimento que costumávamos praticar assiduamente no quarteto criativo A Velha dos Bálcãs (com Arthur Dias e Zé Guilherme). Em nossos encontros semanais, líamos e escrevíamos juntos, numa tentativa de negociar com a Morte os sentidos da Vida, com base nesse expediente oracular de verter num recipiente a águaferrugem da existência para depois garimpar, dali, profecias e segredos. Seguindo a tradição estranha dos xamãs chineses, pitonisas gregas, surrealistas bêbados de absinto e *beats* sodomitas, a escrita automática é a cerimônia que Matheus executa, com júbilo, para nos prover de maneira íntima uma nova mirada ao inefável e ao indizível.

Gustavo Primo
Macomb, Illinois
Novembro de 2019

Quem não dança, não sabe o que acontece.

(...)

Se seguires minha dança, compreendes o que falo, e guarda silêncio sobre meus mistérios.

Atos de João

Let's dance!

Put on your red shoes and dance the blues.

David Bowie

sodomia & coca-cola

quero plasmar
a minha cara
em tudo que em ti
não serve a Este deus

não como quem vive a separar
o açúcar, o arroz e o feijão
em seus respectivos potes

não como quem sabe com exatidão
a proporção de comida
distribuída no pratinho dos gatos

o meu sexo sobre o seu
destruirá as fundações da usina
e com sêmen escreveremos
um novo evangelho

esqueçamos que as flores podem ser colhidas

deixemos os girassóis para Van Gogh
e que nenhum gerânio enfeite nossos ternos

eu quero me adornar
em couro e correntes
e ainda assim ver suas guelras
respirarem por entre
os cavalos-marinhos

prenderemos o tempo nos gemidos
para que não haja
tempo para se aborrecer
quando o outro não perceber
a elegância no novo
corte de cabelo

não haverá tempo sequer
para você odiar o aroma
do cigarro na malha
das minhas jaquetas

apreciaremos o enigma em cada
telefonema não atendido

nossos nomes
passarão
pela decomposição
nos sais
de uma centena
de lábios mais.

trouxe um amigo

a fabulação do mistério
enquanto meus pais
dormem no quarto ao lado
imaginando o que fazemos
acordados até uma hora dessas
responderá sua pergunta
entre um *cosmopolitan* e outro
sobre o significado
de uma cosmogonia

não me atrevo a levar
o momento à sua crise
e em silêncio fotografo
o segredo da sua boca
devorando pudins
e trufas de recheio âmbar

mas são seus pés
nos chinelos gastos do meu pai
que balbuciam incessantemente:
eu sou o amor que não ousa dizer o seu nome.

abissal imobiliária

taça, reservatório, bacia:
geometrias da mordida
de um urso que amei

a minha cabeça comporta águas

feroz animal, o líquido não era doce
e tempo não tive para alertá-lo de que era plasma,
vinagre & carbono o mel feito nas colmeias dos meus miolos

taça, reservatório, bacia:
a minha cabeça comporta águas
e em seus espelhos, ao menos,
possuo a lua como inquilina.

timeline

I

o toque dos dedos no dorso das teclas
abre o portal para o desejo quando digo a você
beberia aos goles
sua gala e finitude.

II

se digo *você* digo só de galáxias
o você nas pontes e tijolos de Nova Iorque
o você em Montevidéu colecionando vento e caranguejo
o você outro na Liberdade fermentando arroz e colhendo ouro.

III

por esse retângulo somos um corpo morto
só se faz taxidermia quando o desejo
por nossa nudez cristal forja lava e gozo.

IV

daqui dificilmente falarei do amor
chove a cântaros
e o filme não carregou.

V

em outra órbita uma amiga diz não haver formigas na Nova
[Zelândia.

rádio silêncio

o que não te disse aquele dia na pista
lotada de gente jamais diria ainda que dissecando
bicho morto buscando nos pôsteres a palavra exata
porque na realidade dizer exige muito mais
do que se exige de uma simples sintaxe
moribunda que de fato só serve para repetir
receita de bolo e oração que deus algum ouvirá

é necessário alinhar os cavalos às pérolas

você não viu mas eu te disse não vai embora
fica
você não viu mas eu trouxe as sementes da romã
as chaves do meu quarto um punhado de sal
sobre o caracol dos caramujos
você não viu mas eu de ponta cabeça minha perna
formando um 4 decorando o mapa na sua alpargata
meu olho dizendo outra vez meu bem escuta no silêncio
meu corpo sendo desejo pelas beiras do inominável.

arco-íris noir

pudera no átomo exato
no coração do portal
ensinar álgebra ao gado
e a canção dos veados
a todos os nossos irmãos:
à noite, alguns deuses
nos adornariam com alfafa
rezando ao nosso nome
com seus pequeninos dedos
por rosários de conchas densas

ora se voltando ao leste
porque de lá viriam
os segredos das centopeias

ora se esquecendo do oeste
porque nada mais bonito
do que velar nosso sono
nos vendo mastigar as ameixas

até mesmo o menino jesus
beijaria finalmente

inúmeras vezes
os lábios de cada rapaz

— o tempo haveria de sobra

:

seria um caramujo
por entre os cabelos
de um rapaz de cobalto
a bramir: sou eu o Alfa & o Ômega.

confissões na pista de dança

há uma fila de garotas naquela porta
esperando seus dedos desatarem
o nó no pelo das ovelhas

há em mim ainda aquela reminiscência
de espelhos, de estrobo azulado
percorrendo nossos corpos cobertos
de jeans, paetês e padê

e só por isso, Marcela, eles querem bater
nossas cabeças inúmeras vezes
contra o peito do pavimento

quando crescermos mais cinco metros
todos saberão o que há muito vi escrito
na cortina da sua orelha esquerda
e ninguém duvidará que são sempre maduros
os abacaxis na Califórnia.

sos cate blanchett

cada planta no ensolarado da sua porta
possui o par de olhos de outro alguém
você pensa em mudar vovó para mesa de centro
contudo, teme a destruição nos dentinhos do cão

qual muda te daria para você lembrar de mim?

você diz que fumo como uma diva meus drinks
são os de uma diva encomendo a própria morte
como uma diva penso mesmo ser uma diva melado
na cama olhando as fotos do casamento
um bolo branco que você mesmo assou e enfeitou
com corações de pasta americana
entre a assinatura dos papéis e o corte das gravatas
uma do Mickey a outra do Pooh

sete anos do bolo e nenhuma planta carrega uma aliança
a casa está decorada os lençóis estão postos a vida
como vários recortes de catálogos e revistas

com a mesma memória você distribui pratos e talheres
sobre a mesa do café o passeio nos arredores com o pequeno *poodle*
a pergunta brutal endereçada com sorvetes
onde se vê daqui dez anos?

darling, recuso as sobremesas
aceito somente a máscara
como uma diva em direção à rua, atravesso os portões.

godot em noite de climão

ele chegará mascarado disse a cartomante
sabendo mais do futuro no esmalte descascado
vendo além do corcel e seu menino de flama em mão
ao lado duas taças mais outra Eros e Psiquê *honeymoon*
penso em Ana e nas cartas que não mentem jamais
mas eu que de mentira em mentira faço acrobacias
aguardando na mesa o próximo drink o tropeço
da sua cara sob essa cena de um antigo ato
o espetáculo foi ótimo porém pouco te vi
imagino sua mão gordinha na vara do violino
digo vara pois muito burro pouco erudito puro simulacro
confesso pensei em esconder música clássica nunca
ouvi apenas no rádio por acaso trocando a água do aquário
decorei e repito outra vez a canção do velho J
let us go then you and I mas você também não foi.

à atendente da padaria, que tem olhos de raio-x

todos os dias pela manhã
guardo glotais e vogais
em caixas na garganta
ela já sabe dispensa doçuras
os automatismos da língua
a minha sempre presa se falo três ou trezentos
sabe a marca a cor do filtro
talvez saiba até dos intervalos e pausas
necessárias quando acendo na sala
o Marlboro vermelho (maço) gentilmente
vendido logo após um olá tudo bem
o silêncio possui gramáticas mais claras
que as divisas das coreias
honesto como o perdão sucedido
pelos gases de duas pessoas que se amam
e eu a amaria por tudo isso

desconfio que saiba percebe
mas não nos exigimos nada além
ainda que perguntasse e eu me atrevesse
seria preciso ordenar as caixas de leite
nas gôndolas sobre o piso
maze circular

labiríntico esforço de dizer da viagem
da noite juntos da inevitável volta
um completo nada seguido de dois nomes de apóstolos
anonimato se desfazendo feito sal
bisturi de bicos garras perfurando os figos

a vinda do amor acompanha a percepção
de buracos negros e girassóis
não importa a largura das galáxias.

ulisses talvez

encontro neste silêncio um lembrete
preciso outra vez separar as cuecas
vender os olhos dos gatos ao joalheiro
comprar uma única passagem sem volta
com destino ao *rooftop* dos labirintos
distantes onde você tão delicadamente
sorve laranjas e tomates com *vodka* e *prosecco*
e das suas pupilas enormes um coelho
convida garotos a adentrarem o buraco negro

preciso reservar uma porção de saliva
te explanar com palavra feito serpentina se desenrolando
sem final sobre o conceito de saudade implícito
na parafina nos gargalos das garrafas de gin
usadas por você como castiçal para suas velas
uma outra porção para regar as uvas plantadas
bem no fundo da sua garganta e te dizer
em audível e bom som Sim e Com certeza
e todas as gradações de amor entre uma afirmação e outra

mas hesito e não parto de Ítaca

este silêncio me lembra que lá fora você é livre.

sudário elétrico

o cemitério faz divisa com o zoológico
conheci garças e pavões no funeral de tios e vizinhos
não entendia como era possível dormir em eternidade
ao lado as hienas riam da noite ao dia
lá fora o algodão era doce, ciano e cor-de-rosa

estava morta também a baleia de cimento onde me escondia?
como Jonas em tantos enterros eu e minhas sandálias ela engoliu

ninguém brincará em minha morte
serei enterrado na Saudade
em um outro cemitério no centro da cidade

nenhuma criança será poupada dessas flores estúpidas nas coroas
nenhuma delas estará impune da palavra remorso
e do silêncio dos meus amores que não falarão a palavra que os
[nomeia

quem morrerá será o eu cravado nas pupilas

retornarei à baleia

ecoarei onde só souberam de mim os ursos.

vênus no banheiro masculino

duvido do salto alto espalhado pelo piso
do quarto depois do batom e ruge marcando
guardanapos no bar chiquérrimo onde rodada
após rodada falaríamos de economia especulação
imobiliária jazz charutos e espetáculos
você sabe das estações nos espelhos dos prédios da cidade
pensa em abismos olhando de sobressalto as curvas
dos gráficos então duvido mesmo do salto alto
confesso a imagem é lindíssima mas de nada nos serve
se você vive a polir sapatos negros e empresariais

aqui nesse banheiro os nomes se dissolvem e nada
servirá para Vinícius e seu sonetos quem sabe Frank
se deixasse de meditar na emergência Whitman
quem sabe você cita mas todos diriam ele não cantaria
seu corpo pouco elétrico oposto ao talho no mármore das estátuas
vira e mexe oceânico em suor sob a camisa colada nos sovacos
esqueça todos eles juntemos às cebolas e alimentemos a horta
ainda escrevo sobre seu corpo que é outro por hora tiremos
as roupas pensarei quem vem primeiro desejo palavra ou silêncio.

iniciação

nos escondemos
da vista de todos os crocodilos
e juramos não haver uma fresta
por onde deus também espiasse nossos ossos
no banheiro masculino do cinema

você ainda se recorda do forte cheiro de pinho sol?

lembra-se de como eu falava rápido e indagava a todo instante
sobre a possível ruína da nossa casa e a morte por inanição dos
[nossos gatos?

e dos meus planos de construir um guarda-chuva suficientemente
[extenso
capaz de proteger as louças inglesas e toda a nossa mobília
incluindo alguns poucos livros e a infinita coleção de cactos?

eu sempre soube das ciências que apodrecem o corpo das uvas

eu ainda dizia de menos mesmo dizendo coisa demais

tanto faz agora o desperdício

assistimos a um filme lado a lado
enquanto eu em minha primeira lição
desenhava um mapa
por sua virilha
e atirava cravos
para adornar aos portões
de Sodoma & Gomorra

eu alfabetizava as mãos.

teorema

se empilhássemos
todas as caixas de pizza
que dividimos ao longo das enchentes
teríamos uma reprodução
em tamanho real
da Muralha da China

se pudéssemos recolher
os cacos dos pratos
das brigas que travamos
dos dramas que imitamos
forjaríamos nosso próprio *kintsugi*

se encontrássemos
meus roncos durante os filmes
que você escolheu
comporíamos uma bela canção
na ausência dos pássaros

se tivéssemos plantado
sementes em seus sovacos
hoje as madressilvas florescidas
despertariam os pequenos deuses
no fundo das cerâmicas.

sanca beats forever

não era mesmo para durar
nossas linhas brancas noites de luz
São Carlos em chamas nos lugares
onde costumávamos dançar antes
de imaginar esse *Reich* dos trópicos
somente os sons dos martelos
e sintetizadores a bater sobre o
apito daquele trem ao longe
dizendo os dias são claros
e querido Carlos essa ferida
hoje eu não duvido não cura nunca
Lucas eu pediria perdão
se fosse cristão no entanto
eu só sei dançar
e emudeço diante qualquer
palavra nada adianta agora
o *lounge* acabou e faz calor
demais
pudera
te chamaria para uma última música
como essa que agora canto só
o luxo deste e por este fracasso.

adeus, mercúrio

voltar e dizer outra vez mais
já nos garantiu tantos dias de sal
quanto se pode fazer estátuas do mar

exceto naquela manhã descascando laranjas
e aproveitando o bagaço para repensar
toda lógica ocidental e o comércio internacional de cães,
fazendo uso apenas das combinações possíveis
das sementes para opinar acerca de coisas
importantes como o cultivo de cebolas e outras
tão menores perpassando deus e o nosso amor

hoje te vi desmanchar em sequências de números primos

dias assim, preciso evitar qualquer ideia, atravessar a soleira
e te buscar com a ajuda de pás e baldinhos de plástico

proponho nosso jubileu privado
abandonaremos juntos esta linguagem.

as três leis da imanência

I

no que concerne à tecnologia
a trilha do meu delírio
toca no algoritmo do seu rádio.

II

no que concerne aos abandonos
as coisas que aí deixei
forjei para que retorne outra vez.

III

no que concerne à física quântica
minhas partículas e as suas
habitam muitos cânions.

um outro plano

esta águaferrugem
vertendo de seu lustre
e a solapar as dunas
sobre seu colchão
de melancias e plumas
nunca mais irá te incomodar:

às crianças de sete milênios
venderemos nossas couves, potes,
monges e o tigre de algodão

o dinheiro sequer dará para comprar uma telha
a quantia será irrisória até mesmo para garantir
sacolas plásticas dos supermercados
de imensos letreiros neon

— esta única moeda dourada
lançaremos na fonte da praça
e sem comoção ou surpresa
nada acontecerá

enfim agora pobres
esta águaferrugem

vertendo de seu lustre
e a solapar as dunas
sobre seu colchão
de melancias e plumas
nunca mais irá te incomodar:

já poderemos nos mudar
para o templo formado
da minha sombra sobre a sua.

paraíso ou las vegas

Hong Kong, Sorocaba, Moscou
não existe lugar seguro para nós
exceto por essa cozinha onde peço
suas mãos para escalar o armário
depois de tanto dançarmos

como se aqui fosse um monte das oliveiras
e eu tão simples como o cristo de Pasolini
falo com minha palavra pluma bruta
até verter luz pelo buraco no vidro
feito pelo cascalho jogado só porque
dançávamos sem música

honeybear, um dia eles entenderão
que o corpo precede o verbo
só então vem a canção.

■ primeira edição
■ outubro de 2020